AF322491

PARIS. — IMPRIMERIE PILLET FILS AÎNÉ
5, RUE DES GRANDS-AUGUSTINS

Decamps
Lacaïche
Delacroix

1866 avril — 12

COLLECTION DE M. B*** *Croilhet*

TABLEAUX

ET

DESSINS MODERNES

EXPOSITION

Le Mercredi 11 Avril 1866

VENTE

Le Jeudi 12 Avril 1866.

M⁰ Ch. **PILLET**, Commissaire-Priseur

M. Francis **PETIT**, Expert

DON
MOREAU-NÉLATON
1927

CATALOGUE

de

TABLEAUX

ET

DESSINS MODERNES

COMPOSANT LA COLLECTION DE M· B***

DONT LA VENTE AURA LIEU

HOTEL DROUOT, SALLE N° 5

Le Jeudi 12 Avril 1866

A DEUX HEURES ET DEMIE PRÉCISES

Par le ministère de Mᵉ **CHARLES PILLET**, Commissaire-Priseur,
rue de Choiseul, 11,

Assisté de M. Francis **PETIT**, Expert, rue de Provence, 43,

Chez lesquels se trouve le présent Catalogue.

EXPOSITION PUBLIQUE

Le Mercredi 11 Avril 1866, de une heure à cinq heures.

CONDITIONS DE LA VENTE

Elle sera faite au comptant.

Les adjudicataires payeront *cinq pour cent* en sus des enchères.

Paris. — Imprimerie de Pillet fils aîné, rue des Grands-Augustins, 5.

TABLEAUX

COROT

350.　1 — Une Fontaine en Bretagne.

Haut. 30 cent.; larg. 53 cent.

COROT

770.　2 — Nymphe endormie sur le rivage..

Haut. 38 cent.; larg. 60 cent.

COROT

3 — La Révélation.

Haut. 50 cent.; larg. 88 cent.

COUTURE

4 — Sa Majesté l'Argent.

Haut. 24 cent.; larg. 18 cent.

COUTURE

5 — Tête de jeune Fille couronnée de pampre.

Haut. 45 cent.; larg. 37 cent.

DECAMPS

6 — Le Printemps.

Forme ovale. Haut. 11 cent.; larg. 16 cent.

DECAMPS

780.   7 — La Veillée au coin du feu.

Haut. 14 cent.; larg. 21 cent.

DECAMPS

305.   8 — L'Anesse de Balaam.

Esquisse, vente Decamps

Forme ovale. Haut. 59 cent.; larg. 49 cent.

DELACROIX (Eugène)

1580.   9 — Le Christ à la colonne.

Haut. 35 cent.; larg. 27 cent.

DELACROIX (Eug.)

860.   10 — Odalisque couchée, demie-nue, un narghillé
près d'elle

Haut. 37 cent.; larg. 45 cent.

DIAZ

1450. 11 — Le Coucher du Soleil.

Haut. 35 cent.; larg. 59 cent.

DIAZ

620. 12 — Paysage et Animaux, effet du soleil couchant par un ciel orageux.

Haut. 24 cent.; larg. 42 cent.

DIAZ

500. 13 — Intérieur de forêt.

Haut. 29 cent.; larg. 24 cent.

DIAZ

980. 14 — Troupeau de Vaches ; effet de soleil couchant.

Haut. 28; larg. 41 cent.

DIAZ

580. 15 — L'Amour désarmé.

Haut. 28; larg. 20 cent.

DUPRÉ (J.)

6750. 16 — La Ferme.

Haut. 17 cent.; larg. 63 cent.

DUPRÉ (J.)

1450. 17 — Paysage des Landes.

Haut. 40 cent.; larg. 60 cent.

HOGUET

370. 18 — Intérieur de cuisine.

Haut. 55 cent.; larg. 46 cent.

PALIZZI

650. 19 — Chevrier italien et son troupeau près d'une fontaine, à la Cava près Naples.

Haut. 70 cent.; larg. 51 cent.

PALIZZI

400. 20 — Pâturage de Normandie.

Haut. 00 cent.; larg. 00 cent.

PRUDHON

560. 21 — Portrait de Lafayette.

Haut. 53 cent.; larg. 43 cent.

REYNOLDS

260. 22 — Paysage au soleil couchant.

Haut. 47 cent.; larg. 32 cent.

REYNOLDS

285. 23 — Paysage pendant la moisson.

Haut. 32 cent.; larg. 45 cent.

RIBOT

190. 24 — Un Buveur.

Haut. 45 cent.; larg. 38 .cent

ROQUEPLAN

355. 25 — Fontaine à Biaritz.

Haut. 17 cent.; larg. 28 cent

ROQUEPLAN

255. 26 — Site des Environs de Pau.

Haut. 00 cent.; larg. 00 cent.

ROUSSEAU (Th.)

2720.

27 — Paysage de Normandie effet après la pluie.

Haut. 22 cent.; larg. 32 cent.

ROUSSEAU (Th.)

1650.

28 — Environs d'Honfleur; paysage et terrain, effet d'automne.

Haut. 33 cent.; larg. 46 cent.

SCHEFFER ARY

230.

29 — Tête de Femme.

Forme ovale. Haut. 55 cent.; larg. 41 cent.

TASSAERT

770.

30 — Le Printemps.

Haut. 55 cent.; larg. 46 cent.

ZIEM

585.

31 — La Pêche au thon aux environs de Venise.

Haut. 33 cent.; larg. 46 cent.

DESSINS

BROUNE (J. L.)

68. 32 — Cavaliers arabes.

Dessin rehaussé.

DELACROIX (Eugène)

227. 33 — Faust et Wagner discourant dans la campagne.

Sépia.

DELACROIX (Eugène)

172. 34 — Femmes Juives d'Alger dans un intérieur.

Pastel.

DELACROIX (Eugène)

172. 35 — Cheval arabe auprès d'une tente.

Aquarelle.

DELACROIX (Eugène)

42. 36 — Vue de Tanger.

Pastel.

DELACROIX (Eug.)

159. 37 — Un dessous de Bois.

Aquarelle.

DELAROCHE (Paul)

120. 38 — La Madeleine écoutant la parole du Christ.

Dessin.

DECAMPS

208. 39 — Entrée de Jésus-Christ à Jérusalem.

Pastel.

DECAMPS

82. 40 — Intérieur d'une cour de Ferme.

Fusain réhaussé.

DECAMPS

62. 41 — Rochers de la forêt de Fontainebleau.

Fusain réhaussé.

DECAMPS

64. 42 — Divers croquis d'Animaux, sur la même feuille.

Dessin.

DECAMPS

80. 43 — Têtes d'Animaux, divers croquis sur la même
feuille.

Dessin.

GERICAULT

44 — Épisode des courses de chevaux libres à Rome.

Sépia.

LAMI (Eug.)

45 — Bagpiper higlander.

Aquarelle.

MARILHAT

46 — Arabes traversant le désert.

Aquarelle.

MARILHAT

47 — Paysage d'Orient.

Aquarelle.

MARILHAT

110.   48 — Les bords du Nil près le Caire.

Dessin réhaussé.

MARILHAT

130.   49 — Une Fontaine au Caire

Dessin réhaussé.

MARILHAT

112.   50 — Mosquée et Jardins aux environs du Caire.

Dessin réhaussé.

MARILHAT

170.   51 — Marché à Boulak (Caire).

Dessin réhaussé.

PALIZZI

52 — Vaches descendant de la montagne conduites
par des paysannes.

Aquarelle.

ZIEM

53 — Un Quai de Paris.

Aquarelle.

RED. :

19

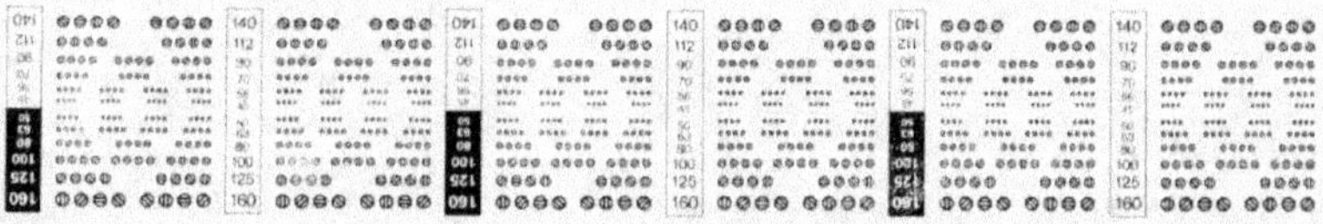

graphicom

MIRE ISO N° 1
NF Z 43-007
AFNOR
Cedex 7 - 92080 PARIS-LA-DÉFENSE

0 1 2 3 4 5 6 7 8 9 10

BIBLIOTHEQUE NATIONALE DE FRANCE

****

CHATEAU DE SABLE

1995

www.ingramcontent.com/pod-product-compliance
Lightning Source LLC
LaVergne TN
LVHW011032050726
842519LV00004B/1333